Du même auteur

Œuvre complète Théâtre, Paris, Acoria 2017.

Roman
Le Troisième jour – *plaidoirie pro domo*, Acoria, Paris, 2013. Nlle édition Paris, BoD, 2018

Contes
Guirlandes fanées – *Contes du Congo Brazzaville*, Paris, Acoria, 2011.
Nouvelles guirlandes fanées – *Contes et légendes du Congo Brazzaville*, Paris, Acoria, 2017.

Proverbes
Le Masque des Mots – *Sous le toit de mon père* (Traduction de proverbes Kongo en français), Paris, Acoria, 2014. Nlle édition Paris, BoD, 2018.

Essai
Georges Bassens : *les diables s'en mêlent à présent !* Paris 2017. Nlle édition Paris, BoD, 2018.

Histoire
Brazzaville : *Cœur de la nation congolaise* (1870-1970), Paris, Acoria 2017. Nlle édition Paris BoD, 2018.

L'exode
Bisi Mavula

Nouvelle édition

Couverture : Tableau de Nicaise Kadimina
(inachevé)
© Benoist Lhoni, 2013

ISBN 978-2-3221-485-78

Tous droits de traduction, de reproduction,
d'adaptation et de représentation,
réservés pour tous pays.

Patrice Joseph Lhoni

L'exode
Bisi Mavula

Récit

Ce récit peut paraître plein de contradictions. C'est précisément le caractère ambigu du milieu social dont il s'inspire : un dilemme oppose constamment à lui-même l'individu dont les mœurs sont durement éprouvées par des éléments nouveaux venus de l'extérieur, et menaçants de rompre son cadre vital habituel.

À mes chers enfants et plus particulièrement à Serge Septime Sévère.

Ce n'est pas l'histoire d'un jeune homme que j'ai voulu raconter. Or les enfants, comme vous, aiment les histoires. Mais les bonnes histoires ne sont pas toujours des histoires vraies. Ce qui compte, c'est qu'elles aient une portée morale. Zoba n'a jamais existé ni dans ma mémoire ni probablement à Mavula, ni peut-être nulle part ailleurs. D'ailleurs, vous n'apprendrez rien, dans les pages qui vont suivre, ni sur le nom de son père ni sur celui de sa mère lesquels sont semblables, à tous les parents du monde, qui connaissent le déchirement intérieur et profond que provoque en eux l'éloignement de leurs fils ou filles du toit familial…

Zoba, c'est chacun de nous, et nous tous à la fois qui avons quitté nos terres natales et nos parents, pendant l'exode, au cours du mouvement massif vers les centres urbains, pour venir nous plonger dans un monde brûlant de fièvre, au contact des mentalités diverses, et sous l'aiguillon de deux monstres implacables : la détribalisation et l'appât du gain !

Zoba, c'est le drame de chacun de nous, et de chaque jour, à Mavula-la-ville, où s'est forgée une société nouvelle en contradiction avec le cadre traditionnel. C'est notre lutte pour y vivre et y réussir.

C'est la transformation qu'elle a fait subir en nous, à nos mentalités ancestrales. Mais c'est surtout notre réaction en présence des forces étrangères envahissantes, destructrices de notre personnalité, de notre originalité.

Mais sans aucune haine pour les autres peuples, bien au contraire, Zoba est pour la synthèse des civilisations diverses, pourvu que nous demeurions nous-mêmes toujours, conscients de notre moi. Et ce qui est plus important, c'est la conviction intime de Zoba que le nouvel univers adoptif qui l'a intégré ne détruit pas forcément, mais épanouit tout esprit sain et lucide.

*On croit que ce que l'on fait
n'est rien, mais au fil du temps,
on en mesurera les conséquences...*

Prenez n'importe quel petit enfant de la *brousse*, dont la prime enfance s'est déroulée sous la sévérité bienveillante des parents respectueux de la tradition : obéissance et respect, deux impératifs moraux auxquels il lui a fallu se tremper, afin d'être bien reçu dans la société des aînés.

Le cadet doit obéissance à son aîné, car celui-ci a *vu*, le premier, la fourmi et le soleil, sans quoi l'aîné ne respectera pas le cadet. Ce droit de primogéniture est de rigueur, mais les grands frères ne doivent, en aucun cas et sous quelques prétextes que ce soit, en abuser. Les petits frères doivent aussi jouir de la bonté des aînés.

La coutume énonce : il faut respecter le bien d'autrui, mais ramasser ce qui n'appartient à personne n'est pas voler *(Nguba ntota nkondi pele)*. On ne parle pas quand on mange, et l'on ne boit qu'à la fin du repas ! On ne parle pas quand la bouche est pleine, et il faut être modéré. On doit rester assis quand on parle ; parler debout est impoli. On croit que ce que l'on fait n'est rien, mais au fil du temps, on en mesurera les conséquences, heureuses ou malheureuses. Il faut être généreux, le ventre est mauvais conseiller ; la société est fondée sur la solidarité. À défaut de vin, on boit de l'eau ! Il faut borner ses ambitions aux moyens dont on dispose. En cas d'erreur d'itinéraire, on revient au point de départ... Voilà, de quelles paroles de sagesse, les oreilles de Zoba pouvaient encore bourdonner à son arrivée à *Mavula-la-ville* qu'on appelait aussi *Tandala* ou *Mfoa*. Mais *Tandala* n'était pas préférable à *Mavula* ni à *Mfoa*. On pouvait y entrer par le fleuve, ou en traversant la rivière Djoué, la rivière Léfini. Plus tard, on pouvait entrer à *Mavula* par le train. Plus tard encore, on pouvait y arriver par l'avion. Mais, d'une manière ou d'une autre, on entrait dans un monde nouveau, mais combien souple et tolérant, qui n'avait rien de commun avec le milieu trop rigide de la société traditionnelle ! À peine ressentait-on, les tout premiers jours, mais presque imperceptiblement, quelque amertume nostalgique. Le temps passait-il ? L'oubli du milieu natal descendait, et l'on était transformé !

Mais, en vérité, cette intégration dans la nouvelle communauté ne se faisait pas sans épreuves. Tout d'abord, la vie à *Mavula* n'était pas facile à gagner. Afin de pouvoir vivre, il fallait se faire employer soit comme petit *boy*, soit comme planton, manœuvre, chauffeur, commis de bureau, et à cette condition, on se devait de se dépouiller de l'orgueil de ses origines, tout endurer et tout souffrir.

Cependant, à *Mavula* vivaient bien ou en donnaient l'impression — ceux qu'on appelait *kalaka*s (clercs) —, employés de bureau, commis aux écritures, dactylographes, secrétaires ou comptables, régulièrement payés au mois. Ils avaient un emploi stable aussi longtemps que leurs aptitudes professionnelles et leur conduite n'étaient pas prises en défaut.

Les différences de conditions sociales se traduisaient dans l'habit, l'habitat, le train de vie, tout comme ailleurs dans le monde, du reste. Les salariés avaient pu se faire bâtir une maisonnette à crédit dont le loyer de remboursement courait sur une période élastique, variant entre dix, quinze à vingt ans, au bout desquels ils en devenaient propriétaires. Ils pouvaient aussi bénéficier de cette autre facilité d'acquérir à crédit un véhicule ou un mobilier dont le prix s'amortirait dans les douze ou dix-huit mois. Mais, aussi bien pour la maisonnette que pour son équipement ou le véhicule, il fallait offrir les garanties d'un salaire potable. Cela veut dire que, même si l'on avait un emploi, il fallait limiter les ambitions. Le petit bonheur matériel dont on pouvait rêver ne s'acquérait que par une qualification professionnelle.

Ainsi, à *Mavula*, les classes sociales étaient très diverses : celle des *kalakas* (clercs), avec toutes ses subdivisions hiérarchiques où l'on rencontrait le haut, le moyen et le bas employé de l'administration publique ou du secteur privé ; celle des particuliers établis à leur propre compte, commerçants, grands ou petits, ambulants, mais qui les uns comme les autres, essuyaient tour à tour les vices de la faillite après une courte prospérité ; celle des chauffeurs, des manœuvres de la voirie et des travaux publics ; celle des tailleurs, des coiffeurs, des *boys-marmitons*, des cuisiniers et des lavandiers ou blanchisseurs ; celle, enfin des *sans-emploi* qu'on appelait improprement des *chômeurs*, qui n'avaient rien su faire, et qui se contentaient de se louer, à l'occasion, à diverses tâches saisonnières.

Sur le chemin du marché, on devinait facilement l'appartenance des femmes à chacune de ces différentes classes, selon le rang et la capacité du pouvoir d'achat de leurs maris. Elles s'habillaient, se paraient, et même se coiffaient, différemment. Et, ce qui allait de soi, elles faisaient le marché différemment. C'est tout juste si à *Mavula*, il n'y avait pas des marchés pour gens de basse condition et *pour des gens bien*! Ces distinctions sociales constituaient, dans bien des cas, l'origine des scènes de ménage, des divorces, de la polygamie clandestine ou déclarée ouvertement, et de la polyandrie à peine camouflée.

Mais, sous des dehors trompeurs, même la classe prétendument dite privilégiée tâtait de la misère, les dettes et la prodigalité en étant la cause principale. Elle vivait nettement au-dessus de ses moyens réels.

Zoba avait conclu qu'il lui fallait être au moins de la classe moyenne, afin de pouvoir vivre à *Mavula*. Ailleurs, son raisonnement pouvait passer pour une vérité de La Palisse, si dans son village natal les choses n'allaient pas autrement.

Zoba se souvint alors du cercle familial où sa mère assurait régulièrement, au retour des champs, la nourriture quotidienne ; il pensa à son père, habile chasseur qui apportait au foyer du gibier frais, dix fois par lune, au moins ; il pensa au *mbonghi* où les hommes avaient coutume de prendre leurs repas en commun. Il se convainquit que rien au monde ne peut valoir le milieu natal, quand bien même il serait le plus déshérité.

Une foule de souvenirs vint l'envahir, et Zoba revit soudain, surgi des ténèbres de l'oubli, sa prime jeunesse, comme à travers un prisme multicolore, la forêt pleine de ressources alimentaires, tels les rats que l'on attrape au piège ou au lance-pierres, les fruits savoureux, boules rondes de *mintenda* et des *masiya* qui mûrissent sous l'œil bienveillant de la providence, l'infinie variété de feuilles sauvages comestibles, les *mpfumbu*, *mbôndi* et *nkôzia*. Cette suite de souvenirs, s'enrichit bientôt, des battues fructueuses dans les buissons giboyeux, repaires d'antilopes aux cornes droites ou en spirales, mais, toutes pointues de *nsibizi* — agoutis ou pectinateurs à queue non touffue —, bas sur pattes, la queue longue, le corps couvert d'un long poil rude, et la chair très tendre. Et que dire des rivières poissonneuses pleines de *ngola*, les silures, de *nionzi*, *m'tondia*, *mpfula* au museau pointu et au corps sans écaille, et *bimpete*, les mal-estimés ?

Bref, la vie était aisée et facile à vivre au village. À sa septième saison sèche ou pluvieuse, l'enfant pouvait se nourrir, en lapidant les oiseaux à la fronde, en tendant des nasses et des pièges.

Il n'y avait pourtant pas bien longtemps que Zoba était venu à *Mavula*. Mais il avait été comme happé par ce monde de fièvre, au point qu'il lui sembla soudain y vivre déjà depuis des années et des années. Il souffrit du mal du pays ou de nostalgie qu'au début il ressentit à peine, ébloui par la forte impression de nouveauté. Pâtissent inévitablement du même mal, tous ceux qui ont quitté la terre d'enfance, et ont rompu, de ce fait, avec la chaleur familiale. Zoba eut comme un vertige devant l'ampleur sans cesse croissante de *Mavula*. Devant la disparité des groupes ethniques de ses habitants, et la multitude, partant, des dialectes, le Nouveau Monde de *Mavula* s'efforçant pourtant de se donner un mode commun d'expression. Zoba se sentit un être anonyme.

S'il était déjà dur de vivre à *Mavula*, avec ou sans emploi, la diversité des parlers rendait encore plus redoutables et plus complexes les rapports humains, et constituait un sérieux handicap à l'intégration dans cette nouvelle communauté. Le langage maternel n'était plus, ou il s'en fallait de peu, un moyen efficace de communication. La rigueur imposait donc, à tout prix, de s'initier à des modes nouveaux d'expression. Le désespoir n'était pourtant par permis, car, malgré la profusion des formes dialectales, trois planches de salut s'offraient aux novices de *Mavula* : on parlait couramment *munu-ku-tuba* ou *Kikongo* (moi-je-dis), patois composé de mots des dialectes du sud et du Nord du pays, mélange de *kikongo* et de *lingala* ; on parlait également *lingala*, dialecte répandu dans le Nord du pays, mais venu d'une tribu lointaine de la partie orientale du fleuve Kongo.

Mais c'est surtout le *munu-ku-tuba* qui faisait le trait d'union entre les tribus venues nombreuses s'agglomérer à *Mavula*.

L'habitude de s'exprimer en *munu-ku-tuba* ou en *lingala* venait bientôt, au prix de quelques efforts, et grâce aussi, à l'école de la rue. Même entre gens d'un même clan on s'exprimait facilement, voire instinctivement ou indifféremment sous ces deux formes. De plus, parler *munu-kutuba* ou *lingala* signifiait, de toute évidence, qu'on était citoyen de *Mavula*!

Mais par-dessus ces langages, trônait une langue officielle, celle des bureaux de l'administration publique, du commerce et de l'industrie, celle qu'il fallait, coûte que coûte, apprendre pour être un homme *bien* ou un *Monsieur* comme les *kalaka*s, ou comme le *mundele* lui-même! Cette langue-là conférait à ceux qui l'avaient apprise, qui savaient maintenant la parler et l'écrire, une marque indéniable d'évolution, car on n'était pas un évolué sans la connaître. Bien assimilée, elle procurait facilement un emploi honorable et stable : commis-interprète, commis aux écritures, écrivain (entendez : clerc), commis auxiliaire, etc. Des écoles avaient été ouvertes pour l'enseigner, mais les parents, tenants de la tradition, s'opposèrent, au début, à y envoyer leurs enfants ! Ils finirent, à la longue, par céder, mais sous les menaces de l'administration coloniale.

Apprise dans la rue, elle donnait des résultats et un patois ridicules, comme en témoigne ce dialogue burlesque entre deux plantons :

– *Marius n'a pas là ?*
– *J'ai là !*
– *Va limédiatéma au bilo, lé commanda té bésoigne !*

(Marius n'est pas là ? — Je suis là. — Va immédiatement au bureau, le commandant a besoin de toi).

Mais il fallait apprendre cette langue n'importe comment, n'importe où.

L'engouement des gens de *Mavula* pour cette langue causa beaucoup de ravages ou de troubles dans les esprits! À preuve, cet autre témoignage : *J'ai l'honneur de vous informer que ma femme elle a mis au monde un enfant de sexe femme ce matin à six heures et demie très précises. Si vous le voulez bien, le Baptême sera pour ce soir quatre heures. Employé à la Mairie, je regrette de ne pouvoir assister au Saint-Office de ma bien-aimée fillette. Le père et l'enfant se portent bien. Recevez, mon cher Père Guiton, mes regards les plus distingués!*

Non moins pittoresque (dialogue entre un Français et un non-Français) :[1]

– Bonjour, Paul! Qu'est-ce qui te fait rire?

– Pasque moi y a beaucoup content.

– Ah! Mais pourquoi?

---

1 – Extrait de *44 années au Congo* de Mgr Augouard. Évreux, Poussin, 1934.

– Pasque moi y a gagné pitit.
– Ah! C'est bien.
– Et pis, ma femme aussi.
– Ah!
– Mais c'est pitit pour nous deux!
– Je m'en doutais bien un peu! Et bien! Voilà! C'est sûr maintenant!!!

Mais, de mieux en mieux :
– J'ai l'honneur d'informer mes amis que ma très chère épouse est décédée ce matin à quatre heures. La bénédiction nuptiale aura lieu ce soir à cinq heures précises…[2]

Assimilée de la sorte, la langue française (c'est d'elle qu'il s'agit) cessait d'être la planche de salut hors de laquelle on ne pouvait exercer que de petits métiers infâmes, quoiqu'il n'y ait pas de sot métier : *boy*, planton, marmiton, balayeur, etc..

Oh! Cette langue! Elle était la cause de tant de bouleversements à *Mavula*. À

---
2 – Ibid.

cause d'elle, on commençait à dénigrer la langue maternelle (comme d'ailleurs pour le *munu-ku-tuba* ou le *lingala* : tout nouveau, tout beau !) De fil en aiguille, à ses propres parents on s'adressait dans ces nouveaux langages ignorés d'eux ! Décidément, *Mavula* couvait des mystères et il transformait radicalement !

À cause de la langue française donc, on reniait ses origines. À cause d'elle, on allait apprendre tant et tant de choses, bonnes comme mauvaises. À cause d'elle, on allait quitter *Mavula*, élargir son univers pour d'autres pays lointains et merveilleux. À cause d'elle, on allait devenir de *grands messieurs* instruits dans les livres. À cause d'elle, on allait tourner délibérément le dos à la sagesse ancestrale, et les vieux dieux des villages paraissaient ne plus savoir grand-chose. À cause d'elle, les ambitions naissaient, et l'on était toujours porté à posséder beaucoup de fortune : la voiture après la bicyclette, le poste récepteur après le gramophone ou le phonographe, etc. À cause d'elle, le monde allait, enfin, changer de face !

Pour Zoba, il n'y avait pas de quoi se flatter au sujet de cette langue, la connaissant à peine, sachant la parler à peine, la lisant et l'écrivant un peu. Voilà pourquoi, à *Mavula*, il ne pouvait être qu'un humble planton, un garçon, un commis, à faire des courses, à pied ou à bicyclette de service, à travers les bureaux, porteur des messages enfermés dans des enveloppes cachetées — *motus !*

Zoba aurait pu devenir un *grand monsieur* si la mort brutale d'un vieil oncle, vannier de son état, son tuteur à *Mavula*, n'était venue le forcer à quitter l'école, et à gagner, vaille que vaille, sa vie, par ses propres moyens. Dans ces conditions-là, il eût été plus sage pour lui de retourner au village natal, auprès des parents. Mais Zoba s'était déjà familiarisé avec le cadre de *Mavula* dans l'atmosphère duquel il se plaisait maintenant et évoluait, heureux comme un poisson dans l'eau !

Avec ses connaissances en *munu-kutuba* et *lingala*, nanti, en plus, de son petit français, Zoba s'était définitivement intégré dans l'univers de *Mavula*. Cependant, il lui restait à résoudre beaucoup de problèmes : le problème de l'argent qui se gagne au prix des sacrifices rémunérateur ; le problème du manger, celui du vêtement, à l'exception du problème de logement, car, de son défunt vieil oncle, Zoba avait hérité la concession familiale et d'une petite case. Il les affronta tous, et, ma foi, Zoba se débrouilla tant bien que mal.

Il voyait maintenant, mais comme à travers un brouillard, le hameau natal blotti sous la verdure des palmiers au panache protecteur frissonnant au souffle du vent, et perdu tout là-bas, sur un coteau riant au soleil levant ou couchant. Quant aux rivières où il avait tant marché, où il s'était tant baigné en compagnie de ses amis d'enfance, où il avait tendu des nasses et des verveux, fi !

Qu'est-ce que cela pouvait être encore, sinon des filets d'eau !

Zoba sortit soudain de cette rêverie, devant mille spectacles qui passaient en bavardant, chantant, sifflant, criant ; des combats de rue mettaient énergiquement aux prises des personnes d'aspect farouche qui s'accordaient des empoignades et s'échangeaient des coups de poing, à propos de rien, apparemment ; des défilés nuptiaux croisaient des cortèges funèbres ; des dancings faisaient hurler des haut-parleurs étourdissants ; des klaxons de voitures ou des halètements de vieux camions aspirant au repos ajoutaient une note particulière dans un climat de rumeur confuse ; des agents réglementaient la circulation, ce qui n'empêchait pas les accidents, la plupart mortels, de se produire ; des cris accompagnaient un voleur en fuite, en plein jour ; des gens s'attroupaient par-ci par-là, au coin des rues, sans aucun but précis, ou en quête d'une scène imprévisible. Bref, Zoba eut la sensation de vivre plongé dans un monde perpétuellement agité.

Il fut pris de vertige, et fut tenté de s'en retourner au village natal. Mais cette lueur nostalgique s'évanouit presque aussitôt, Zoba trouvant, malgré tout, fascinante la vie de *Mavula*. Ses travers, ses excentricités, ses vicissitudes comptaient peu, en comparaison de ses charmes : une vie active qui donnait aux gens un sentiment d'être et de vivre, une foule de distractions, les nouveautés apportées par le Blanc, etc. Et puis, le grand exode de la *brousse* vers les *Mavula*, les villes, ayant sérieusement entamé les villages à présent dépeuplés aux deux tiers, le cadre traditionnel rompu, le tam-tam ne battant plus au clair de lune, et tous les jeunes devenus citadins, avec qui chanterait-il, avec qui danserait-il, à qui dirait-il ses contes et légendes, avec qui jouerait-il aux devinettes, avec qui rirait-il ?

En dépit de l'influence néfaste, qui pervertissait lentement, mais, combien sûrement, les jeunes citadins, des tenants de la société traditionnelle s'efforçaient-ils de maintenir la morale ancestrale fondée sur les mythes, les totems et les tabous compris ? Ils s'employaient patiemment à la faire revivre et respecter.

Ainsi, certains d'entre eux, réputés pour leurs bonnes mœurs, étaient agréés, par l'administration coloniale, à la tête des agglomérations nées presque spontanément autour des cités blanches, et qui avaient été réparties en lotissements dénommés quartiers. À la tête de chaque quartier était donc placé un représentant de la loi ancienne, qui rendait la justice en cette qualité, mais non indépendamment des instances judiciaires coloniales.

À l'origine, l'effort de l'administration coloniale avait tenté de canaliser les indigènes qui ne cessaient d'affluer vers les centres urbains par quartiers, selon leurs provenances, ce qui éviterait les heurts interethniques, et freinerait la détribalisation. Mais bientôt, la vague d'immigrants prit des proportions telles que la confusion régna dans les quartiers, et les *arrivants* devaient s'installer sans plus se soucier de leurs origines. Alors *Mavula* devint le *mumvuka*, le grand rassemblement, c'est-à-dire l'agglomération, mais aussi le méli-mélo.

*L'invulnérabilité des ménages
est fonction du comportement
des femmes*

Ceux qui vont à *Mavula* perdent la tête. Ils ne se souviennent plus de rien ni de personne. Les pauvres parents restés au village se trouvent dans la même situation que si leurs fils étaient morts et enterrés à jamais. Mais ils ne perdaient pas tout espoir de les retrouver un jour :

Lua yenda, lua yenda/ Vous partez, vous partez

Nsia lua kala kuene e e e/ Vous reviendrez bien ;

Lutambi ndelo !/Le pied vous ramènera !
M'luka nto mi lembo soba nsi/Les sources des cours d'eau ne changent pas d'endroit ;
Lutambi ndelo ! /Le pied glisse !
Buedi ba tata/Du temps de nos pères,
Go ga butukidi/Là où tu es né,
Go ga kudila/Là tu grandiras,
Ni go fuila/Là tu mourras !

Dix, quinze, vingt ans même se passaient, et à la surprise du village natal, c'était comme le retour de l'enfant prodigue : celui qu'on n'espérait plus revoir revenait chez les siens. C'était la fête familiale à laquelle prenait part tout le village. Des poulets étaient égorgés.

De nouveau, les sages conseils : *Mundele ka dianga muntu ko,* le Blanc ne mange personne, il te prend à son service, il te garde longtemps avec lui, puis, un beau jour, il te laisse aller retrouver les tiens. Comme tu as changé ! Comme tu as grandi ! Comme tu es devenu beau! Oui, tu as vraiment eu raison d'être parti là-bas, à *Mavula*. Tu nous retrouves un peu vieillis, avec l'éternelle même poussière de la brousse… *Konko konko, m'logo m'longo, didi muini, didi mpimpa, ku bambalakanandi !* Non, jamais, jamais, de nuit ou de jour, n'oublies pas! Souviens-toi toujours! Le chef sera toujours ton supérieur, respecte-le. Et puis, n'est à toi que ce qui t'appartient en propre : ne vole pas.

On retrouvait la fraîcheur de l'enfance.

L'affection familiale, la tendresse amicale éclatent sans réserve, et le revenant coulera de beaux jours. Il revivra dans le climat serein des gens simples à l'existence paisible…

Comment vit-on à *Mavula* ? On dit que tout s'y achète cher, est-ce vrai ? Gros maniocs, ignames, patates, bananes, fruits de toutes sortes et tout ce que produit le généreux sol des plantations se donnent rendez-vous autour de lui. Le vin de palme coulera à flots.

On invoquera les mânes des ancêtres de la famille, pour appeler la bénédiction sur le fils qui vient refouler la terre des aïeux. On le conduira sur leurs tombes. En signe de protection, on lui barbouillera le corps avec de la terre prise sur ces tombes, au milieu des chants et de la senteur enivrante du vin de palme. Mais, cette terre vous maudit si les ancêtres sont mécontents de votre conduite. Surtout, n'allez jamais la dérober, en l'absence ou sans l'autorisation expresse du survivant tout puissant de la famille. Le malheur vous guettera au détour du chemin, et votre existence à *Mavula* sera compromise !

Arrivera le jour du retour à *Mavula*. Les adieux seront longs. Ils auront lieu la veille au soir. Il y aura plus d'amertume que de joie dans les cœurs. Les conseils de sagesse se donneront encore, libre cours.

Le père parlera : *Makutu ka ma yoka m'tu ko,* les oreilles ne dépassent pas la tête, cinquante saisons passées font l'homme plus sage… Puis, il mâchera un bout de *m'sanga-vulu*, une plante herbacée. Il crachera dans les mains du fils qui s'en va. Le fils ponctuera chaque jet de salive de… *Yobo*, que cela soit ainsi ! En témoignage de son accord sur ce que lui dit le père. Le père fera passer le fils entre ses jambes, comble de la bénédiction paternelle. Enfin, il lui remettra le *m'sanga-vulu* que le fils portera sur lui, comme un porte-bonheur, jusqu'au jour où, indépendamment de sa volonté, le *m'sanga-vulu* se perdra. *Kulu gandi, sinza gandi,* jamais tu ne buteras contre les souches des chemins ! *Miole pele, n'tatu pele*, une seule bonne intention, pas deux, pas trois !

La paix est souhaitée au fils.

Ainsi nanti ou armé de cette

protection paternelle, c'est moralement réconforté, que le fils se replongera dans la vie enfiévrée de *Mavula*. Mais avant de quitter le village, les parents lui auront choisi sa future compagne. Il l'aura vue, ou s'en remettra au goût et à la décision des parents à qui il laissera carte blanche quant au choix éventuel. Puis, un beau jour, il recevra leur lettre, ou un simple message verbal confiés à un ami, lui annonçant l'heureuse nouvelle :

– *Nous avons trouvé la femme qu'il te faut ; envoie de quoi nous présenter dans ses familles paternelle et maternelle.*

Une fois de plus, l'occasion sera mise à profit pour des conseils :

– *Maintenant, cesse de te considérer toujours comme un enfant. Tu es grand. Sois donc sérieux. Nous avons les yeux sur toi, et patati, patata !*

Le jeune homme se devait donc de préparer les *ndiende* qu'à *Mavula* l'on appelait maintenant, et fort abusivement, la dot. La tradition avait, pour ainsi dire, codifié la nature des cadeaux à faire aux beaux-parents, invariablement les mêmes, d'une famille à l'autre, d'un village à l'autre. Mais à *Mavula*, la notion de cette prétendue dot s'altérait de jour en jour, sous l'aiguillon d'un esprit de plus en plus mercantile…

Malheureusement pour les parents, les cas étaient rares d'enfants prodigues qui revenaient, de temps en temps, sous le toit familial ; plus rares encore étaient ceux qui une fois pris dans l'engrenage de *Mavula*, ils s'en remettaient à leurs parents pour le choix de leur *m'kento*. Ils la trouvaient eux-mêmes à *Mavula* qui en avait, en veux-tu en voilà, de toutes les beautés. Mais la famille, même si elle agréait tout en maugréant ce choix fait à son insu ou contre son avis, tenait à doubler la première femme d'une fille du pays. Le fils devait s'incliner, sans quoi, gare à la malédiction : sa santé risquait d'être ébranlé et de s'étioler ; la femme de son propre choix pouvait connaître l'infécondité, au lieu du bonheur de la maternité ; sans compter les nuits peuplées de cauchemars, les sautes d'humeur inexplicables de ses employeurs successifs qui le renverraient tour à tour de ses diverses embauches, et sans préavis !

Dans ces conditions-là, la vie devenait intenable, et en désespoir de cause, les fils s'armaient contre les parents : ils allaient en consultation chez les féticheurs, afin de se mettre à l'abri des maléfices. Comme dit le proverbe : le fils ne pouvant manger son parent, rien n'y faisait, la sanction demeurait inexorable. Alors vaincu, le fils allait demander pardon au village. Entre autres semonces, il s'entendait dire : *ce n'est pas au fils à montrer le fleuve au père qui l'a vu le premier !* Mais l'enfant était généralement absous, la bonté parentale étant excessive de nature. Au jour des adieux, la famille chantera :

Na ba telamio e? À qui parle-t-on ?
Ya ndzoki mia talama ? À un sourd ?

Mais la plupart des mariages contractés à *Mavula* portaient, dès l'engagement, le virus de la caducité précoce : les futurs mariés s'éprenaient l'un de l'autre, au hasard des rencontres fortuites, décidaient de leur union, faisaient publier leurs bans à la mairie, assistés de leurs amis déguisés en faux parents. Le jour du mariage, monsieur *l'officier d'État civil* leur lisait des passages dans un livre, mais sans rapport d'aucune sorte avec la tradition. De plus, l'usage voulait que le mari portât un complet de tissu sombre ou bleu marine, et que l'épouse étrennât voile et robe blanche. La cérémonie devait se poursuivre au temple où le pasteur spirituel parlait aux jeunes mariés un langage étrange, sans rapport, non plus, avec la tradition : *L'Église, Jésus-Christ, notre père Abraham, Isaac et Rebecca, abandon du père et de la mère, une seule chair, indissolubilité,* etc., etc. *Ego conjugo,* disait-il encore plus étrangement, en leur glissant une bague au doigt, étendant ensuite ses deux mains sur eux.

Après ces diverses cérémonies, on suivait le couple à son domicile, pour boire, manger et danser. Quelqu'un, tout émerillonné à la suite de ces agapes fraternelles, y allait pour un discours qui, une fois de plus, ne comportait aucun traître mot qui pût rappeler la tradition. Bref, à *Mavula* on ne se mariait plus comme autrefois, et la consécration de la rupture avec la conduite ancestrale était maintenant totale.

Au village, le père de la fille, en pareille circonstance, manifestait visiblement son inquiétude, quant à la viabilité au foyer qu'elle allait fonder. On faisait s'asseoir côte à côte, les fiancés sur une même natte, et le père parlait à sa fille, et cela, parce que la plupart du temps, l'invulnérabilité des ménages est fonction du comportement des femmes :

— *Puis-je boire le vin du jeune homme, sans crainte de le vomir ?* (Sans craindre qu'il ne me le fasse payer, en cas d'infidélité de ta part ?)

— *Tu peux le boire,* rassurait la fille.

— *Non,* répliquait le père, *bois-le d'abord toi-même, mais bois la moitié d'une mesure, et donne à boire l'autre moitié de la même mesure à celui qui, tout à l'heure, sera ton mari.*

La fille exécutait l'ordre paternel, et le mariage était consommé !

Le père expliquait au jeune couple :

— *Ceci est loin d'être une mascarade pour amuser ou divertir ; vous venez de nous prendre comme témoin de votre engagement de vous unir et de vivre désormais ensemble, mais cela, quoi qu'il arrive, s'entend!*

Après quoi le père buvait le vin du jeune homme avec toute l'assistance non sans, au préalable, avoir honoré les mânes, par une libation rituelle, pour appeler leur bénédiction sur les enfants qui venaient de s'unir.

La fête éclatait ensuite. On chantait, mais c'était des conseils chantés aux jeunes mariés, sur la dignité de leur comportement, leur longévité, leur bonheur et leur prospérité…

Pour terminer, et en signe de reconnaissance envers ceux qui avaient élevé la fille devenue sa femme, le jeune homme donnait des cadeaux à ses beaux-parents. Ce n'était qu'un symbole illustrant l'adage selon lequel tout *s'acquiert*, mais la jeune femme n'était nullement *achetée*, comme on le prétendait maintenant à *Mavula*!

*Vous, les hommes au pouvoir
souvenez-vous, que vos titres sont à l'image
d'une pirogue que fait chavirer une vague d'eau!*

*E**ku Mavula tu ba kueto e ! Na dede na de!* Oui, nous sommes à *Mavula*! Et nous y sommes bien! Une variante alterne avec cette rengaine :

Ah! Mam'e ku Mavula *ko na bele, mam'e!* /Foi de ma mère, moi aussi j'ai été à *Mavula*, foi de ma mère! (Et *in Arcadia ego*!)

— *Vous habitez Mavula ?*

— *Mais nous y avons été aussi !*

Il n'y a pas que ceux qui ont définitivement élu domicile à *Mavula*, qui en tirent de l'orgueil, mais aussi tous ceux qui y séjournent momentanément. Ils emportent toujours de *Mavula* une image captivante.

Pour qui débarque à *Mavula* pour la première fois, l'éternel train de fêtes ne peut manquer de la surprendre.

Comment font tous ces gens pour tenir le coup du 1er au 30 du mois ? On les rencontre tous les jours et tous les soirs jusque tard dans la nuit chez Faignond, Élysée, Tahiti, Tam-tam bantou, Macedo, Hugues, Pigalle… où bière et vin coulent à flots. L'atmosphère est étouffante dans ces lieux de leur prédilection.

Une musique hurlante déverse la note tropicale sur des masses humaines agglutinées autour des tables buvant la bière et saignant le vin. Les corps sont en nage. La musique chante toujours :

– *Chérie a tiki nga na mawa !* Ma bien-aimée (qui est sans doute partie vers d'autres horizons plus favorables) m'a abandonné avec toute la tristesse de la solitude !

– *Yo camarade mabe…* Toi, le mauvais compagnon, tu as réussi à détourner à ton profit celle qui faisait mes beaux jours !

– *Bino ba ministres…* Vous, les hommes au pouvoir souvenez-vous, que vos titres sont l'image d'une pirogue que fait chavirer une vague d'eau !

Ainsi, sur des airs pleins de sensualité, de naïveté, de sarcasmes, les couples dansent, dansent, dansent sans fin.

On hurle plutôt qu'on parle. On se bouscule, on prend d'assaut entrées et sorties des bars-dancings. Et c'est le spectacle de tous les jours !

À voir ces hommes et ces femmes, on se serait cru devant un peuple exempt de maladies, de soucis moraux ou matériels, un peuple en paradis, quoi !

Mais chacun d'eux, dans le fond, vivait son drame : amours brisées sans espoir de raccommodement.

Menaces des patrons intransigeants qui n'admettaient pas de retard au travail, maladies qui minaient sournoisement jusqu'au jour où elles éclataient et se déclaraient impitoyables. Dettes impayées sujettes à altercations, dots non versées intégralement et qui menaçaient de rompre les jeunes foyers, amendes non acquittées pour adultère, viol ou vol, passibles d'emprisonnement, jeunes mères délaissées…

Voilà l'engrenage où venait d'être pris Zoba. Avait-il encore assez d'intelligence, se possédait-il encore suffisamment, pour réagir, et adopter un comportement digne de ses parents, et que ceux-ci souhaitaient de tous leurs vœux ?

Pourtant, avec la loi du commandant et l'eau-de-vie du commerçant, était venue la morale chrétienne : respecter les parents, ne pas voler, ne pas commettre d'adultère, s'aimer les uns les autres… Des pensées politiques s'affrontaient.

Et si un paganisme athée prônait la libre-pensée, des missionnaires catholiques et des pasteurs protestants et salutistes avaient percé le pays de part en part, semant la Bonne Nouvelle de l'amour du prochain, condamnant l'abus, le vol, l'adultère, le mensonge. En somme, et à quelques exceptions près, cette morale chrétienne n'était pas incompatible avec la mentalité ancestrale qui, comme elle, ne tolérait ni adultère, ni vol, ni mensonge. Si ton œil, ou ton bras, enseignaient les nouveaux pères spirituels, est une occasion de malfaire, arrache-le. La tradition faisait crever l'œil, elle faisait amputer le bras ou la jambe du coupable.

Mais à la proclamation, au nom de la foi chrétienne, de la monogamie, se heurtait l'obstination, au nom de la coutume, des polygames. Zoba se souvenait de la situation contradictoire où se trouva un dignitaire polygame gagné au christianisme, mais sommé, condition *sine qua non*, par le missionnaire de ne garder qu'une seule de ses dix femmes. L'aspirant-néophyte, sans embarras en répudia huit, mais devint indécis pour envoyer l'une, parmi les deux qui lui restaient, parce qu'il les aimait également. Toujours pressé par le missionnaire, le malheureux polygame lui envoya ses deux préférées, avec un porte-parole : laquelle des deux doit-il répudier ?

Autre fait contradictoire, les néophytes allaient aussi facilement au temple que chez les féticheurs. Médailles religieuses, porte-bonheur magiques et grigris se portaient indifféremment, mais les missionnaires, ignorant que des pratiques séculaires ne se détruisent pas comme un feu de paille, entendaient faire des chrétiens dignes, c'est-à-dire à part entière. Dès lors, ce fut la chasse, une chasse acharnée, à toutes les pratiques ancestrales. La danse était interdite, et le tam-tam devenait un instrument démoniaque.

Il est vrai que si le tam-tam jouait un rôle important dans ces cérémonies fétichistes, c'est aussi au son du tam-tam que les morts étaient pleurés et enterrés ; au son du tam-tam dont étaient animées les fêtes ; au son du tam-tam qu'on transmettait des messages.

Ainsi le Dieu venu sur le même bateau que la *Fée Civilisation* européenne paraissait aux yeux de tous ces vieux et jeunes païens *régénérés* un monstre, curieux mélange de bonté et de sévérité. Il venait bouleverser de fond en comble le vieux temple de la déesse traditionnelle. Les jeunes fiancés devaient vivre séparés jusqu'au jour de leur sacrement de mariage, sans quoi le jour de l'union sacrée était retardé, et ils étaient alors mariés au petit matin, sans une volée de cloches. Ce nouveau Dieu devait être redoutable, puisque pour lui être agréable, il fallait beaucoup de sacrifices, beaucoup de privations.

Malgré tout, ceux qui s'étaient sentis attirés vers lui pour le servir totalement, comme des missionnaires, s'entendirent dire qu'il leur fallait, pour le reste de leur vie, faire le vœu de chasteté et rester célibataires (pour les catholiques). Les séminaires se vidèrent. Du côté des protestants, il n'y avait guère plus de chance de salut. Les interdits abondaient, entre autres celui du vin. Ce vin était-il même pris modérément, un sérieux obstacle à l'accès en paradis, sur les hautes cimes des montagnes célestes ?

Zoba qui avait été tour à tour protestant, catholique et salutiste pensait : Qui a donné l'intelligence à l'homme de faire le vin ? Qui a donné l'intelligence à l'homme de faire le tam-tam, de composer des chansons et d'exécuter des mouvements de danse ? Car l'homme, lorsqu'il est bien portant et content, est naturellement porté à manifester cette disposition de l'esprit, non seulement par le rire, mais aussi par le chant et la danse. Et maintenant, il fallait renoncer à tout cela !

Lorsque ses amis lui reprochaient de n'avoir rien compris aux religions chrétiennes, Zoba leur rétorquait : dites plutôt la religion chrétienne, parce que, pour moi, catholique ou protestant, ce doit être le même Dieu ; la multiplicité des dieux est imputable au respect humain, à la présomption des théologiens ! Les hommes ont tellement philosophé sur Dieu qu'ils ont fini par le couper en morceaux, et chaque morceau a dû prendre corps et âme pour devenir le fondement d'une nouvelle religion. Les pasteurs protestants se marient et prêchent la Bonne Nouvelle; les prêtres catholiques observent le célibat sous prétexte de mieux se vouer à l'apostolat; dites-moi si les uns vont en enfer, les autres vont-ils au ciel? Notre Nzambi est-il catholique ou protestant? Puisqu'on nous dit aujourd'hui : boire du vin c'est mauvais, danser au son du tam-tam, c'est mauvais?

Zoba était sans doute trop téméraire pour se lancer dans ces considérations théologiques qui, ailleurs, avaient fait couler beaucoup d'encre et de salive, sans que, pour autant, les esprits bien pensants tombassent d'accord. Il n'était sans doute pas dépourvu de sens critique, mais victime innocente emportée par des torrents d'idéologies disparates, Zoba discernait mal la confusion dans les esprits, laquelle découlait d'un simple malentendu : Ceux qui interdisaient le vin ou la danse avaient-ils le sens de la mesure, et ceux qui étaient frappés de ces interdits pouvaient-ils ignorer à partir de quand il y a faute ? Car un et un ne font pas toujours deux ! C'est là, peut-il conclure, le particularisme paradoxal des religions européennes face à nos croyances…

Mais par-dessus toutes les transformations que subissait la communauté naissante de *Mavula*, par-dessus toutes les contradictions, Zoba éprouvait une vive indignation au sujet du tam-tam que l'Europe conquérante avait détruit.

Victime d'une civilisation étrangère à nos mœurs, quoique, positive en plusieurs points, le tam-tam ne mérite pas un sort aussi inhumain. Zoba avait la conviction que les bâtisseurs de *Mavula* ignoraient l'importance du rôle que cet instrument fait d'un tronc d'arbre jouait autrefois dans la société traditionnelle. Il fit le point des acquis de la nouvelle société, mais sa méditation devait aboutir à la revendication de la place du tam-tam, pour le réhabiliter dans sa dignité première.

L'évolution ou le progrès du monde moderne, dit-il, n'est pas sans avoir porté atteinte — et le coup a été fatal — à notre conception millénaire de la vie traditionnelle.

Cette évolution, bénéfique tout de même, du devenir social et économique, s'opère cependant au détriment de nos valeurs morales, philosophiques et religieuses. Aucun domaine de la vie sociale traditionnelle n'est épargné, parce que le progrès transforme tous les secteurs de l'activité humaine, de la pensée et de l'action.

D'autre part, si certaines mœurs se polissent dans cette évolution générale, la part des risques est considérable, car il se produit à *Mavula* deux mouvements concomitants, mais en sens inverse : des valeurs nouvelles de haute qualité technique ou scientifique viennent contrarier notre pensée philosophique ou morale. Où allons-nous ?

Certes, vers le bien, puis le mieux-être. Mais le bien-être n'est-il pas conditionné par des facteurs indépendants des bienfaits économiques ? À vrai dire, il ne saurait être, ni mieux ni pleinement goûté sans la sérénité de l'esprit. Et quand l'esprit est serein, c'est-à-dire frais et dispos, le moral est haut, et le physique se porte bien. Quand l'esprit est frais et dispos, la méditation vient, qui donne un sens à la vie, en l'orientant vers des buts nobles. On combat le démon du malheur toujours jaloux du bonheur des humains, et toujours à l'affût.

C'est ainsi que l'homme, afin de se

soustraire à l'accablement des servitudes du labeur, s'est inventé des loisirs. Ce qu'on appelle loisirs, c'est le temps matériel qui nous revient, en dehors de nos occupations professionnelles, économiques, sociales ou familiales, politiques, et dont nous disposons, justement, à notre loisir, à notre guise, c'est-à-dire à ce qui nous plaît, à ce qui nous divertit. Ce temps de loisir, en d'autres termes, c'est le temps vide, après le travail, le manger, le sommeil, et que nous utilisons en toute indépendance d'esprit.

Dieu se recréa le septième jour, dit la bible.

Dans nos sociétés traditionnelles, ce temps vide était comblé par des cérémonies rituelles, par des fêtes, telle la célébration des mariages, telles encore les réjouissances autour d'une naissance. On ne peut pas dire que la pêche et la chasse — occupations essentielles — étaient des occasions des loisirs : elles occupaient les hommes aux trois quarts de leur existence. Ou plus exactement, la pêche et la chasse étaient à la fois occupation et détente. Mais dans l'ordre des hiérarchies des valeurs, il y avait autant de différence (occupation-loisirs) qu'entre l'utile et l'agréable.

Cependant, les temps des loisirs pouvaient ne pas être systématiquement établis ou isolés de l'ensemble des activités socio-économiques. Bien souvent, ils étaient circonstanciels, c'est-à-dire à tout hasard, à toute éventualité, ou à tout moment. Ainsi, le travail des champs, par exemple, était entrecoupé de moment de détente, ou mieux, travail et détente se mêlaient, et la besogne n'allait que d'autant mieux. Abattage d'arbres, débroussaillement ou défrichement ne connaissait d'entrain que sous l'emprise du chant ou du rythme entraînant du tam-tam. Plus près de nous, les miliciens mettent à profit cette philosophie du travail, en faisant chanter nos parents — sinon, gare à la chicote! — lors des travaux des routes ou de la récolte de caoutchouc.

Le chant est d'un pouvoir magique indéniable. En tout état de cause, ce pouvoir est universellement goûté. Un programme de n'importe quel poste émetteur du monde prouve que le chant, c'est-à-dire la musique, occupe les trois quarts des émissions. Mais on n'y fait pas attention. Du reste, tout l'univers n'est que musique. Même les êtres privés de la parole, tels les oiseaux, chantent. Et les poètes croient entendre chanter le vent, la mer…

Mais qui dit chanter, dit danser. Et il n'y a pas de danse, chez nous, sans tam-tam, et toutes les nuits, chez nous, sont chantantes, sur un fond de tam-tam!

Mais aujourd'hui, ce même tam-tam est décrié! Après les missionnaires pour qui il est un instrument démoniaque, et un obstacle à leur œuvre évangélisatrice, les administrateurs des colonies le trouvent trop bruyant, et perturbateur de leur repos et de leur sommeil! L'entendent-ils seulement de loin? Les uns et les autres crient : sus au tapageur! Et le chef blanc de *Mavula* interdit de battre le tam-tam dans tout le périmètre de sa ville! Lui et les autres commandants et les missionnaires viennent d'un pays où pourtant sonnent les clairons et les trompettes, où grondent les orgues! Mais, ô comble de paradoxe, le même tam-tam est sollicité, pour égayer le climat des fêtes officielles, les 14 juillet notamment!

Mais ce paradoxe est heureux, dans la mesure où il peut préfigurer la réhabilitation du tam-tam. La reconquête de tous ses droits de cité, jusque dans les lieux de prières où, à l'exemple de ses homologues d'Europe, il pourra servir aussi à glorifier Dieu! N'est-ce pas que tous les peuples de la terre, depuis les Hébreux, louent l'éternel avec des instruments de leur propre art?

Zoba s'arracha de cette longue méditation qui était pour lui une sorte de réquisitoire contre les civilisations européennes dont les représentants avaient trop tendance à vouloir supplanter les traditions locales. Mais de contradiction en contradiction, Zoba allait bientôt connaître les vrais dessous de *Mavula-la-ville noire*. Écœuré par des antagonismes qui divisaient les hommes sans cause profonde, à bien voir les choses, il fut tenté de se replier sur lui même. Ses frères de race avaient fait leurs, les querelles des nouveaux maîtres du pays, et de ce fait ils étaient divisés entre eux!

L'étranger tirait les ficelles pour mieux les opposer les uns aux autres. Les uns et les autres eurent alors le sentiment que ce phénomène prit de l'acuité chaque jour davantage, au fil des ans. *Mavula* devint une terre d'abomination.

Le sort avait aussi voulu que Zoba fût de l'époque où le souffle contagieux de l'indépendance déferlait sur tous les continents : à l'intérieur des pays depuis longtemps affranchis du marasme économique, mais où les inégalités sociales opposaient les classes bourgeoises aux prolétariennes ; des pays politiquement organisés, mais où les jeux savamment orchestrés des compagnes électorales faisaient rebondir les vieilles querelles idéologiques ; des pays demeurés calmes jusque-là, mais qui se mettaient soudain à secouer le joug colonial, comme à *Mavula*.

Mais, passés ces moments de tension

populaire, une fois revenu le calme des jours sans histoires. Zoba s'étonnait du comportement, peu digne d'eux, des hommes qui se ravalent au niveau de la bête, quand sont éveillés leurs intérêts et leurs ambitions. Il ne pouvait comprendre que des amis d'hier s'entre-déchirent maintenant.

Il constata, non sans amertume, que si certains de ses frères de race avaient été mus, au temps des luttes anticolonialistes, par des sentiments foncièrement nationalistes. La plupart d'entre eux n'étaient que des imposteurs inconscients des changements qui s'opéraient, au terme desquels *Mavula* et l'arrière-pays allaient retrouver leur visage propre. Il s'agissait donc de prendre les choses au sérieux. De ces imposteurs, Zoba avait une sorte de nausée, et si, d'aventure, on lui parlait d'eux, il crachait par terre, en signe de dédain. Mais il avait trop d'indulgence pour les pauvres esprits pour leur en vouloir à mort : bah ! soupirait-il, on ne peut pas demander à tout le monde d'avoir la même intelligence et la même conscience des choses ; il est seulement regrettable que tout le monde s'agite, se mêle de tout, et parle pour ne rien dire…

Malgré tout, le temps poursuivait son cours, les jours succédant aux jours, et les nuits aux nuits. *Mavula*, captivait, charmait, ensorcelait et magnétisait toujours. On continuait à l'aimer sans condition, et plus rien ne comptait en dehors de *Mavula*, à moins d'être arraché à son emprise par un imprévu qui venait vous remettre en face des réalités toujours vivantes, malgré l'oubli d'un moment. Il semblait alors qu'on sortait d'un long rêve…

*Oh! Qu'ils sont révolus
les temps doux où les enfants naissaient,
grandissaient et mouraient au même endroit!*

Beaucoup de lunes s'étaient succédé au rythme cyclique des *mpika*, marchés bigarrés, exposant invariablement tous les produits de la terre, et réunissant, invariablement aussi, les mêmes acheteurs, les mêmes vendeurs, les mêmes badauds, tous les huit jours. Ces marchés traditionnels étaient l'expression vivante des gens de la brousse; ils étaient aussi l'image de la régularité de leur existence calme et paisible, loin des agitations fébriles de *Mavula*.

Il avait aussi beaucoup plu, et fait beaucoup chaud. On avait appris beaucoup de choses de *Mavula*-la-ville qui arrache tout le monde et le tient captif, mais les parents de Zoba demeuraient sans nouvelles de leur fils, depuis son retour au village des Blancs.

– Ah! Ces messieurs de *Mavula*! soupiraient-ils, une fois qu'ils ont franchi la rivière Djoué ou, la Léfini, c'est vraiment fini!

Et l'on peut toujours espérer de les revoir bientôt! Très peu nombreux sont ceux d'entre eux qui, échappant à la magie de *Mavula*, reviennent régulièrement au village natal que, dans leur mépris, les citadins dénomment maintenant *diatakolo* ou *ku-budiki-mbuata*, appellations synonymes de hameau abandonné, approximativement. Leur vrai sens dans le parler populaire étant intraduisible et plus péjoratif : marche-patte ou bouteille cassée, et donc la fin des temps anciens, la fin de tout !

Zoba n'avait donc donné aucun signe de vie, depuis son retour à *Mavula*. C'est lui qui allait recevoir des nouvelles de ses parents, par une lettre de sa mère. Celle-ci avait prié, moyennant une poignée d'arachides, un petit écolier de la lui rédiger. L'enfant traduit en français, la version originale :

– Fils, c'est moi ta mère qui t'envoie cette lettre. Salut à toi ! Veuillent et puissent les mânes faire que tu te portes toujours bien, de jour comme de nuit ! Le cœur d'une mère est toujours ulcéré au souvenir de ses enfants partis loin du toit familial. Plus ulcéré encore lorsqu'ils ne donnent plus signe de vie. Depuis que tu nous as quittés, tu n'as pas songé à nous dire de tes nouvelles. Oh ! Qu'ils sont révolus les temps doux où les enfants naissaient, grandissaient et mouraient au même endroit ! Mais, grand est toujours notre espoir, ton père

et moi et toute la famille de te revoir un jour, parce que le Blanc ne mange pas ses serviteurs ; il n'est méchant que pour les malfaiteurs, et s'il a fait de la prison, c'est pour le punir. Ceux qui, en plus des conseils reçus des parents, observent sa loi, seront grands et prospéreront.

Fils, prends garde : ta conduite doit être partout et toujours exemplaire ! Mais, voici une mauvaise nouvelle : ton père est malade à mourir. Tu devrais demander à tes chefs de te permettre de venir au village. C'est le vœu qu'il a exprimé. Il veut te parler et, on ne sait jamais, peut-être pour la dernière bénédiction. J'ai terminé.

Mavula disparut, le village natal parut : cette lettre, voix lointaine de sa mère, était un rappel à l'ordre, à la raison, au sentiment ou à la piété filiale, au devoir. C'était un cri désespéré : reviens vite, et aujourd'hui plutôt que demain, le père est mourant.

Mais l'occasion était aussi bonne pour la

mère de revoir le fils. Zoba comprit l'appel maternel. En effet, la coutume voulait et exigeait que les enfants, même vivants très loin, assistent les parents dans leurs derniers moments : c'est à eux de recevoir le testament. Et les parents se refusent à mourir, et luttent dans leur agonie jusqu'au jour où l'enfant franchit le pas de la porte et s'incline sur le moribond. Il arrive cependant que celui-ci cède à la mort, en désespoir de cause, mais il aura laissé son message qu'on traduira à l'enfant quand il arrivera plus tard.

Zoba s'était mis à lire et à relire la lettre. Deux images d'une netteté bouleversante prirent d'assaut son esprit : celle de la mère, pleine de tendresse, qui venait de lui dire de bien douces choses, mais aussi une bien triste nouvelle. Il crut voir un voile opaque se déchirer devant lui pour laisser paraître sa mère qui, comme toutes les femmes du pays, était restée fidèle aux prescriptions de la tradition : fidélité conjugale, respect du mari tout à la fois maître et conjoint, ardeur aux travaux des champs ; et l'image du père souffrant, de celui qui passait pour le plus grand sage du pays, qui avait fait montre, en tant que chef de famille, de son sens aigu de la justice, qui avait été ceci et cela.

Alors, Zoba se fit des reproches : son silence, son absence trop prolongée ; certains moments d'égarement dans cette ville qui troublait les esprits : *Tata na mama, m'lenvo*/Père et mère, pardon ! murmura-t-il.

*Jamais, visage de mort,
ne refléta tant de sérénité, image
d'une âme heureuse qui a su se conserver pure...*

Le lendemain, Zoba était au village, et il arriva juste à temps. L'état de santé du père s'était sérieusement détérioré, mais l'esprit était resté lucide même au fort de l'agonie. Zoba se présente, et le père lui tendit la main. Il y eut d'abord un temps de silence…

– Fils, dit-il enfin, prends la corne d'antilope qui me servait autrefois à rassembler les gens aux moments importants du village, et monte au carrefour de Mpika-Manghembo ; sonne cette corne aussi fort que tu peux…

La faible voix du père se tut. Abasourdi par un tel ordre auquel il ne comprit rien, Zoba resta tout d'abord coi, puis, au bout d'un moment, il se pencha sur le père et, d'une voix insistante, il demanda :

– Pourquoi père ?

Un silence angoissé lui répondit, et il s'écoula encore un temps au bout duquel le père, dans un suprême effort, continua :

– Si l'on te demande pourquoi, dis que mon heure va sonner, et que si je devais quelque chose à quelqu'un, qu'il se présente sans tarder…

La voix se tut de nouveau.

Zoba prit la corne d'antilope, monta au carrefour de Mpika-Manghembo, et exécuta l'ordre paternel. Quelqu'un passant par là, s'étonna. Il s'approcha du jeune homme larmoyant.

– Père est mourant ; s'il t'est redevable de quoi que ce soit, cours vite au village avant qu'il ne soit trop tard.

– Oh ! Le vénérable homme ! Répartit le passant déjà grisonnant.

Il avait reconnu en Zoba le fils du mourant. Il secoua la tête et s'éloigna en disant :

– Nous compterons désormais un sage de moins et si je lui dois quelque chose, c'est d'aller à son enterrement.

Une vieille femme, ployant sous sa moutête de maniocs et d'autres mangeailles (elle allait sans doute rendre visite à une famille, amie), s'émut de voir ce qu'elle n'avait jamais vu depuis que le soleil se lève du côté droit et se couche du côté gauche :

– Un enfant tout éploré et qui sonne de la corne d'antilope dans un carrefour.

La vieille dame déposa sa moutête et aborda le jeune homme :

– *E bue ?* (Comment ?) s'enquit-elle.

Zoba en chaîna :

– Papa est mourant. C'est sur sa

demande que je sonne de la corne d'antilope, ainsi s'il doit à quelqu'un, que celui-ci se présente vite ; il veut partir le cœur net.

Deux minces filets perlèrent sur les joues fanées de la vieille qui rechargea sa moutête, le cœur lourd du poids de la tristesse. Zoba continuait d'emplir l'atmosphère des tu u u u tu u u u. Beaucoup d'autres passants passèrent, interrogeant Zoba qui leur dit la nouvelle…

Zoba revint auprès du père en lutte avec la mort.

– J'ai sonné la corne, père.

Non ! Le père de Zoba ne devait rien à personne. Il avait seulement craint qu'après lui, des gens mal intentionnés ne viennent, avec des mensonges, réclamer de fausses dettes.

C'était, de sa part, une fois de plus, de donner la preuve de sa probité, à tous les survivants de sa famille.

Mais maintenant, la fin se précipitait. Parents et amis du mourant l'entouraient, retenant le souffle, et souffrant avec lui. Les visages étaient contractés. On y lisait la peine, la tristesse. Mais, tandis que la consternation était dans tous les cœurs, le vieux chef de famille, dans un dernier sursaut, laissa entendre, de sa voix faible, mais claire, ses dernières volontés :

– J'ai vécu plus que ne vivent beaucoup de gens. Quand on arrive à l'âge où je suis parvenu, la mort vient tout naturellement.

Je n'étais pas fait immortel ; je devais subir le même sort que subit tout être. Aussi je demande à tous, parents et amis, à tous ceux enfin qui ont une raison d'être touchés par ma fin, de venir sur ma tombe, non pas en pleurant, mais en chantant et en dansant. Je voudrais être enterré au milieu de chants d'allégresse et de grondements de tam-tam. Car je meurs content. N'ayant jamais su comment l'on triche, comment l'on se dérobe devant ses responsabilités, comment l'on hait, comment…

La voix s'éteignit, cette fois pour toujours. Le vieux sage retomba sur la natte, terminant ainsi ses jours.

Jamais, visage de mort, ne refléta tant de sérénité, image d'une âme heureuse qui a su se conserver pure, tout au long de sa vie terrestre.

Sur le son ailé de la corne d'antilope, la triste nouvelle s'était répandue aux quatre vents.

– *Lele* (il s'est endormi !)

De tous les horizons ce fut un long défilé des habitants de la région vers le village de l'infortuné, où il dormait maintenant, et à jamais, en vieux sage.

Le temps que met le soleil à courir la moitié du ciel avait suffi pour composer une foule compacte accourue rendre hommage au père de Zoba. Il vint des parents *(bisi-kanda),* des beaux-parents *(ba-n'kuezi)*, des amis *(nduku)*, et de curieux *(mintala-ntala)*.

Des lamentations avaient commencé qui déchiraient le cœur :

– *Wa toma ku luonandi : nsia m'toto wa sueka ba bote* (Ne tire aucun orgueil de tes beautés : la terre en a caché en son sein !)

– *Me beni bo ni buana* (moi aussi je subirai le même sort !)

– *Mpfumu wele e diyoyo, Hata di sidi dia ba nkokolo* (Le Chef est parti, seuls les enfants sont restés au village, le Chef est parti !)

– *Na wa sala hana e, Ho ha lenghele lundala, Na wa sala hana ?* (Qui trouverons-nous encore là-bas, où la palme s'est fanée ? Qui y est resté ?)

Mais, parole de mort, parole de sage. Je voudrais être enterré au milieu des chants d'allégresse et des crépitements de tam-tam, avait dicté le défunt. Il ne fallait donc en rien contrarier les dernières volontés de celui qui était mort content pour avoir bien vécu, et qui rentrait désormais dans le rang des ancêtres. La veillée dura deux jours et deux nuits, au milieu de chants et de tam-tam. Au déclin du troisième jour eut lieu l'enterrement. C'est au cimetière familial, à quelques pas de sa case, que l'ancêtre fut inhumé.

Une fosse profonde de la taille d'un homme avait été creusée par les *bala-bambuta*, les enfants nés de sa famille.

Puis dans un vibrant ultime hommage de la foule, les chants et les tam-tams redoublèrent de force. Le père de Zoba fut enveloppé dans des draps et des couvertures qu'on avait auparavant déchirés. Cela pour empêcher les déterreurs de cadavres de venir les dérober. Il fut placé dans un cercueil tapissé et recouvert de drap blanc. Le dernier moment avançait. Les *balaba-mbuta*, fils et petits-fils, prirent le cercueil à bras le corps, et le portèrent en triomphe, à travers tout le village. De cette façon, l'ancêtre disait adieu à tout son monde, et de toutes les poitrines monta une immense clameur :

– *Tata wele e* (Père [tu] es parti !)

– *E naku nanguna kuaku ee* (À qui l'honneur de te porter !)

– *Tata wele e* (Père [tu] es parti !)

Le cortège revint à son point de départ. Il fut mimé, en souvenir du vieux défunt qui avait été juge, une scène de jugement. La coutume voulait qu'à la mort de quelqu'un on évoquât son métier ou son occupation favorite. Ainsi, on mime une partie de chasse au décès des *chasseurs (m'binghis.)* Ainsi donc, ce rituel accompli en l'honneur du père de Zoba, l'on se rendit en procession devant la fosse au bord de laquelle on déposa le cercueil, avec mille précautions. Soudain, l'immense clameur fit place à un grand silence de la foule. On entendait, par intermittence, les sanglots étouffés de la veuve, la mère de Zoba, dont les cris déchirants depuis le premier jour de la dure épreuve, étaient couverts par les lamentations de tous les pleureurs…

Le successeur du défunt prit la parole :
— Te voilà rentré dans la paix, au pays de la grande lumière.

Nous ne disons pas que tu es complètement parti, et pour toujours. Non. Si ton corps va disparaître tout à l'heure à nos yeux, ton esprit demeurera et veillera sur nous, sur ta famille, ton village. Nous comptons désormais un dieu protecteur de plus au pays des ancêtres. Voilà pourquoi à notre grande tristesse, se mêle aussi beaucoup de joie. Ta vie parmi nous laisse derrière elle un doux souvenir auquel nos mémoires tâcheront de rester toujours fidèles.

Va bien, et porte notre salut à tous les aïeux qui t'ont précédé.

Après cette exhortation laconique, débitée d'une voix pondérée, sûre, sous laquelle perçait déjà une prise de conscience de ses nouvelles responsabilités, le nouveau chef de famille demanda si quelqu'un d'autre désirait et voulait parler au mort. Zoba vint près de la fosse :

– Père, dit-il d'une voix émue, à *Mavula* je suis tout seul et sans protection. Veuille ton esprit me rendre visite de temps en temps, afin que je m'y conduise bien, et qu'il ne m'arrive jamais de me tromper, ainsi que tu as toujours souhaité, vivant.

C'est tout ce qu'il dit. La veuve, sa mère, vint et dit tout simplement, d'une voix presque inaudible et cassée par les lamentations :

– La mort qui est maîtresse de nous vient de nous séparer.

Va bien.

Chants et tam-tam reprirent de plus belle. Le dernier hommage solennellement rendu à l'ancien allait toucher à sa fin.

Tout le monde était content d'avoir bien accompli ce devoir.

Le touchant cérémonial émut Zoba jusqu'au plus profond de lui-même. Un frisson lui courut les cheveux. Du coup, la vie cessa d'être banale pour lui. Et, à cet instant précis, sa pensée divagua, le transporta, tel un éclair, à *Mavula* : *Mavula*! *Mavula*! Pays maudit qui nous emprisonne! Mais Zoba chassa cette distraction et eut honte de lui. Après tout, ne venait-il pas de demander à l'esprit du père de le soutenir dans la vie orageuse de *Mavula*?

Vint le moment suprême. On descendit, toujours avec précaution, le cercueil dans la fosse, au moyen des lianes fraîchement coupées dans la forêt toute proche.

Commença alors un interminable défilé autour de la tombe, car chacun devait jeter une poignée de terre dans la fosse, après quoi pelles et pioches entrèrent en action pour l'inhumation proprement dite.

Une fois la tombe comblée de terre, en forme de butte, l'on quitta les lieux, toujours au milieu des chants et des tam-tam. L'ancêtre venait d'être honoré selon son vœu.

Il était enterré, mais le village, pendant une semaine, devait regorger de monde, car les gens n'en finissaient pas d'arriver. Ceux qui venaient de loin et qui avaient tardivement appris la nouvelle. Ou encore ceux qui y étaient dès le premier jour, mais voulaient encore rester pour ne pas vite effacer le souvenir.

Les membres directs de la famille éprouvée interrompaient, pour un temps, toutes activités, aussi longtemps qu'ils le souhaitaient.

*Jamais on ne pouvait boire de vin de palme
sans, au préalable,
en verser quelques gouttes sur le sol.*

L e retour de Zoba à son milieu natal et la mort de son père ne manquèrent pas de marquer à nouveau le jeune homme. Une fois de plus, il venait de se replonger dans la vie traditionnelle caractérisée par un mode d'existence extrêmement simple. Il redécouvrit ccux qui sont restés en contact avec la nature. Ceux qui, à travers leur apparente simplicité naïve, étaient empreints de gravité, et prenaient la vie au sérieux. Ceux pour qui vivre et mourir ne sont pas chose banale. Ceux pour qui toute naissance est une bénédiction du ciel et des dieux.

Ceux pour qui les larmes ou les rires sont sincères. Ceux qui respectent le vieillard ; un monde, enfin, tout contraire à celui de *Mavula*.

Là-bas, en effet, il était toujours difficile de savoir si un ami était un vrai ami. Si un homme d'âge avancé possédait de la sagesse. Si une sympathie était feinte ou sincère.

Zoba avait été plus d'une fois, écœuré de voir les gens mal se comporter dans les circonstances pénibles. À *Mavula*, à part ceux qui étaient directement éprouvés, on ne pleurait pas les morts. On ne partageait pas la douleur d'autrui.

On n'allait pas aux veillées avec un cœur compatissant. On s'empressait d'enterrer les morts, et tout décès n'était qu'une occasion de fête. Le port de deuil était une parure, une mascarade plutôt qu'une cérémonie du souvenir.

Et qui sait, si la mort n'était pas souhaitée aux parents puisqu'elle était une source d'enrichissement ?

Autrefois, peu nombreux étaient ceux qui pouvaient se permettre de manger le festin (*dia malaki*), puisque cela supposait que l'amphitryon fût en mesure de la faire, grâce à sa fortune.

C'était, pour lui, un moyen et une manière de récupérer ce que, en des occasions pareilles organisées par des amis, il avait donné à ceux-ci (*mafundu*). Il recevait ses amis dans l'abondance par des agapes fraternelles : cabris, moutons et porcs étaient égorgés pour la joie et la satisfaction des invités. Le vin de palme venait apporter le comble à la fête.

Maintenant, et à *Mavula*, n'importe qui pouvait donner la fête, pourvu qu'il lui meure un parent ! Alors est impatiemment attendu le jour du retrait de deuil, fête obligatoire que toute famille frappée de malheur doit organiser.

Ah! Ces *matanga* bruyantes de retrait de deuil! On danse, on chante à tue-tête, on fait hurler la musique par le truchement des haut-parleurs, mais on boit surtout! Le moins que l'on peut dire, c'est que ces fêtes-là, jettent l'oubli total sur les morts qui les ont occasionnées. D'ailleurs, ces jours-là on s'habille avec recherche.

Comme à toute fête de retrait de deuil, il faut l'allocution de circonstance qui consiste à évoquer la figure du disparu, du regretté ou, comme on dit couramment, du perdu. Et de rappeler les circonstances de sa mort, non sans avoir décrit les péripéties de sa maladie. On prendrait tout cela au sérieux si, d'une *matanga* à l'autre, la conclusion à ces discours n'était invariablement la même :

– Buvez! Chantez! Dansez! Car aujourd'hui la tristesse est finie!

Ainsi isolé dans sa tombe, le mort disparaît pour toujours. Quelques lunes, et, l'oubli descend sur son nom!

Autrefois, les choses se passaient autrement. Le mort ne mourait pas, ne disparaissait pas totalement. Même si physiquement, il était mort, son esprit et son nom lui survivaient toujours. Afin de perpétuer sa mémoire, on nommait de son nom ceux de la postérité. C'est également pour perpétuer son souvenir qu'on jurait par son nom qui était désormais sacré. *Tata wa fwa; mama wa fwa, yaya wa fwa.* (Sur la mort de mon père, sur la mort de ma mère, sur la mort de mon frère…)

Autre marque de la survivance des morts, on faisait des libations en leur honneur. Jamais on ne pouvait boire de vin de palme sans, au préalable, en verser quelques gouttes sur le sol. Bien souvent même, c'est directement sur le tombeau qu'on allait répandre une certaine quantité appréciable.

Autre preuve encore de la continuité de leur existence terrestre, on transportait sur leur dernière demeure tous les objets qui leur avaient servi de leur vivant.

Aujourd'hui, nos morts sont moqués. Aux veillées funèbres, le jour du décès, comme aux fêtes de retrait de deuil, l'amour flirte avec la mort! Bacchus ouvre ses caves. C'est de la blague, quoi!

Ainsi donc, Zoba était heureux de la manière dont s'étaient déroulées les choses à la mort de son père. Il avait retrouvé les vrais hommes, les vraies femmes, les vraies épouses, les vrais sentiments. Comme tout le monde, il avait pleuré sincèrement. Le coup qui l'avait frappé, dans la disparition de son père, avait été pour lui comme une grâce sanctifiante. *Mavula* lui paraissait maintenant n'être plus qu'un malheureux gros village d'où les bons sentiments de la société traditionnelle avaient été bannis. Les riches fermaient leurs portes aux malheureux ; les mbonghis, foyers communautaires, n'existaient plus, qui permettaient aux orphelins de subsister ; les gens se jalousaient les uns les autres. Enfin, c'est le royaume qui n'avait qu'une seule loi : chacun pour soi !

Mais pourquoi donc les citadins de *Mavula*, se croyaient-ils supérieurs à tous ceux qui avaient choisi de demeurer au village ? Ceux-ci appartenaient encore pourtant à un monde qui était vraiment le leur, alors que ceux-là avaient perdu, ou presque, tout ce monde-là qui les avait fait naître, et les avait élevés !

Les villageois avaient conservé intactes leurs mœurs, tandis qu'à *Mavula* elles avaient été souillées. Le cadre traditionnel rompu, dans quelle sphère se mouvait leur société à eux?

Ils avaient prétendu se façonner une communauté montée de toutes pièces, avec les éléments les plus disparates, les plus hétéroclites ou les plus hétérogènes, et les plus insolites! Ils avaient adopté d'autres langues après avoir jeté au rancart les leurs propres. Mais ils se rendaient compte maintenant combien il leur était difficile d'exprimer, avec précision, une pensée originale!

Au fort de ses réflexions, il revint à la mémoire de Zoba le souvenir du conte de la chauve-souris aux prises avec toutes les bêtes de la terre : les oiseaux avaient dépêché des messagers auprès d'elle parce qu'elle ne s'était pas, jusque-là, acquittée de ses impôts.

– Vous n'y êtes pas, dit la chauve-souris aux ambassadeurs.

J'ai des ailes et, tout comme vous,

je vole ; c'est un fait. Mais au lieu des plumes, c'est un poil doux qui me couvre ! Alors, que me veut la gent ailée ?

Les percepteurs s'en retournèrent tout penauds et ils étaient indignés parce que bredouilles, et vaincus par l'argument de massue de la bête volante. À quelque temps de là, les animaux à quatre pattes, à leur tour, envoyèrent des agents auprès de la chauve-souris, pour la sommer de payer ses impôts.

– Ta ! ta ! ta ! ta ! pour qui me prenez-vous ? J'ai des ailes, et je vole comme mes frères les oiseaux ; suis-je donc des vôtres ?

La réplique était irréfutable. À leur tour, les nouveaux ambassadeurs essuyèrent un échcc… Mais quand la chauve-souris fut sur le point de mourir, elle ne trouva personne pour l'assister, pour la soigner. Personne, à sa mort, pour l'enterrer !

Les citadins de *Mavula*, conclut Zoba, faisaient bien penser à la chauve-souris, leur énigmatique ancêtre dont ils seraient, en ligne directe, les descendants !

Des tribus s'opposaient bientôt et Mavula devint une terre de feu et de sang...

Z oba avait donc repris goût à la vie que l'on menait dans le cadre traditionnel. Aussi bien, quelques lunes après la mort de son père n'éprouvait-il aucun sentiment encore de vite retourner à *Mavula*. Il s'intéressa de nouveau à la chasse et à la pêche, avec beaucoup de passion.

La vie du village se mit de nouveau à l'absorber.

Plusieurs fois, il avait accompagné les villageois à leurs fêtes traditionnelles au cours desquelles il avait beaucoup dansé. Il aurait pu longtemps, longtemps, revivre cette existence faite d'insouciance du lendemain, hors des tracasseries quotidiennes de *Mavula*, s'il n'avait cédé à un désir soudain de repartir à la ville. Comment cela lui arriva-t-il? C'est que, malgré tout, il trouva la vie monotone. Au village, les bras semblaient se résigner à subir l'existence, au lieu de se la créer ou de la vivre. Ils n'inventaient rien ou ne faisaient rien pour se la rendre agréable et viable. À certains moments, ne lui paraissait-il pas, à lui-même, subir cette sorte d'accablement?

À *Mavula*, on réagissait comme on se révoltait contre la routine, contre l'habitude bref, contre une existence qui s'offrait avec mille visages divers qu'il fallait analyser pour les démasquer, et pour en tirer le meilleur parti, sans quoi l'on n'était qu'un raté. À *Mavula*, on ne subissait pas la vie, à quelques exceptions près. On la forgeait ; on en donnait une forme, un visage, un sens. Voilà pourquoi il y avait tant d'agitation là-bas, tant d'effervescence dans les esprits ; même si quelques-uns ne comprenaient rien à ces agitations et à cette effervescence, ils se laissaient entraîner dans ce courant tumultueux qui finissait un jour par les égarer…

Mais, maître de sa conscience, et dans sa lucidité, Zoba reconnut cependant que son séjour au village n'avait pas été négatif.

Il bénit même le ciel et l'occasion qui lui avaient permis de renouer avec son monde natal. C'est donc enrichi d'une nouvelle expérience au contact des sources originelles, qu'il vint de nouveau affronter l'aventure.

Dieu ! Que de changements à présent ! Zoba fut, comme au jour de son premier contact avec *Mavula*, quelque peu dépaysé, et dépassé par le nouveau rythme de vie. La ville avait pris, en étendue, des proportions gigantesques.

Aux faubourgs anciens s'étaient ajoutées d'immenses agglomérations.

La population avait, en si peu de temps, considérablement grossi. Quant à la mentalité des citoyens de *Mavula*… Le langage était devenu amer, et de moins en moins humain.

Chacun s'enfermait de plus en plus dans sa petite tour d'ébène, et se préoccupait de posséder un chez-soi habillé au goût du confort moderne. À cela, Zoba reconnut le caractère particulier de *Mavula*, par rapport à la communauté traditionnelle. De petites, mais splendides villas s'érigeaient par-ci par-là, qui donnaient à la ville un nouveau visage agréable.

Les gens de *Mavula* d'autrefois s'étaient transformés en citadins fiers de leur société en pleine mutation. Quelques-uns même s'étaient quelque peu enrichis, et roulaient dans de luxueuses voitures, alors qu'autrefois, lorsqu'on pouvait s'acheter un vélo ou un phonographe, cela était un grand événement dans la famille. À présent, si les vélos résistaient encore devant l'engouement des citadins de *Mavula* pour la machine à quatre roues, les phonographes avaient complètement disparu, éclipsés par les tourne-disques et les postes récepteurs.

Solex, Mobylettes, Zundaps, Griffons, Vaps, motos, Vespas et Lambrettas étaient venus compléter la gamme des engins à deux roues, et toute la ville était trépidante. Mais Zoba avait été surtout surpris par la disparition soudaine de *Mavula*, du Mundele, maître incontesté d'autrefois, à cause de qui, mais, grâce à qui *aussi, Mavula* n'aurait pas existé ? Les natifs du pays avaient maintenant pris en main leur propre destin. À l'air bon enfant qu'ils affichaient jadis avait succédé la gravité de qui vient de prendre une décision sérieuse.

Zoba s'était fait expliquer que les temps de Dipanda (indépendance) étaient accomplis. De son village natal, durant son long séjour là-bas, après la mort de son père, il avait en effet appris que de grands changements étaient intervenus à *Mavula*. Il s'était dit :

– Bon, à présent, ce sont nos propres frères qui commandent à la place du blanc et ses miliciens! Désormais, on sera à l'aise : plus d'impôts à payer, plus de prisons, et l'on pourra ou non, travailler! Enfin, nous voici redevenus nous-mêmes, et, libres.

Cependant, les jours qui suivirent la proclamation de l'indépendance de son pays lui firent changer d'avis. Il alla même jusqu'à la déception. Une intelligence naturelle prime toujours l'instruction qui n'est qu'une possibilité offerte aux individus de s'épanouir quand leurs facultés mentales le leur permettent. Et Zoba était naturellement trop intelligent pour se laisser consumer aux premiers feux de joie allumés par l'indépendance. Les nouveaux chefs, ses propres frères, entendaient continuer, en l'améliorant, en la sortant de la routine et en l'humanisant, la route tracée par le Mundele : impôts et prisons demeurèrent. Même si le blanc était parti, il fallait toujours de l'argent pour entretenir et embellir *Mavula*. Pour maintenir les routes en bon état. Pour exploiter les ressources minières. Encourager l'élevage et l'agriculture.

Se doter de voies et moyens pour une meilleure dispense de l'instruction et pour une réelle promotion sociale. Etc. Il fallait donc continuer de payer les impôts, avec la différence que, cette fois, l'argent et tout l'intérêt des travaux revenaient entièrement au pays. Même si le blanc était reparti chez lui, il ne fallait pas que les bandits, les voleurs, les paresseux fussent impunis; il fallait donc maintenir les prisons.

Les cours de justice continuèrent à siéger, à blanchir ou à noircir, et ce, pour un meilleur équilibre social… Il fallait donc travailler comme par le passé, sinon plus.

Les propres frères de Zoba, commis maintenant au pouvoir de commander, allaient même imposer, dans leur souci sincère de modeler le visage de la nouvelle société, une série de mesures impopulaires, mais le sens civique de la plupart des citadins de *Mavula* n'en fut que plus éveillé.

Il fallait également éviter de flâner, d'encombrer inutilement la cité. Alors, tout le monde devait se mettre au travail…

Mais la confusion brouilla bientôt les esprits, et une situation paradoxale chassa les espoirs de tous ceux qui s'étaient réjouis à l'annonce de Dipanda. Pour eux, Dipanda devait signifier, dans leur logique simpliste, le retour aux mœurs d'autrefois, à la vie traditionnelle, avec des chefs moins exigeants, moins âpres au labeur. Le blanc avait ses méthodes humiliantes du commandement, et son prétendu sentiment de supériorité avait tout détruit. Maintenant qu'il était retourné chez lui, il s'agissait de tout ressusciter de ce qu'il avait tué en nous.

Crier à la décolonisation, et l'obtenir, chasser le blanc, mais paradoxalement maintenir ses manières de vivre, de penser, de commander…, était-ce là ce Dipanda, ce retour aux origines perdues ? Dipanda, retour aux habitudes anciennes, et, ma foi, cela se fit bien voir, et la tâche des nouveaux responsables ne fut pas aisée. Des tribus s'opposaient bientôt, et *Mavula* devint une terre de feu et, de sang.

L'homme se mit à pourchasser l'homme. Zoba se rendit bien vite compte que de *Mavula* personne n'avait rien appris. Il frémit et se dit :

— Ainsi, le temps ira toujours de l'avant, et que chaque médaille aura toujours son revers.

Mais Zoba n'était pas le seul à être frappé de déception.

Ceux qui savaient ce que Dipanda devait signifier s'employèrent à l'expliquer aux naïfs :

— Dipanda oui, mais, ce n'est pas la chasse aux blancs, par principe, mais la prise de conscience des temps nouveaux, avec toutes leurs exigences ; c'est compter avec tout le monde…

— Dipanda oui, mais, former une entité nationale indivisible, non sur une base tribale, mais sur le sentiment, la fierté et l'orgueil de former une même famille…

– Dipanda, s'appartenir, être soi-même, mais compter avant tout sur soi-même ; travailler ferme et fort, au lieu de toujours tendre la main. Le travail de bureau paye bien, mais celui de la terre, source de toutes les fortunes, rapporte davantage…

– Dipanda, oui, mais on ne peut plus se contenter de vivre à la mode traditionnelle : les temps ont changé…

– Dipanda, oui, mais même s'appartenant et disposant librement de son destin, ne pas s'isoler, mais nouer des alliances avec les autres peuples de la terre et s'enrichir réciproquement…

– Dipanda, oui, mais le fait colonial nous a tous marqués pour jamais, d'où nécessité de nous unir sur un front commun ; mille besoins nouveaux sont venus compliquer notre existence quotidienne, d'où cette autre nécessité de compter avec les autres…

– Dipanda, oui, mais les peuples,

à peu de choses près, ont à faire face aux mêmes problèmes de la faim, de la justice et de la paix; ils recourent, à peu de choses près, aux mêmes moyens de les résoudre…

– Dipanda, conserver intacte sa personnalité, parce qu'elle est inaliénable, oui, cela est vrai…

Ce langage, pour trop fort qu'il fût pour Zoba, il le comprenait totalement. Il constata combien les temps de *Mavula* avaient changé de fond en comble.

– Mais, se dit-il, les hommes restaient les hommes. Les changements intervenus n'allaient nécessairement pas détourner le cœur humain de ses passions universelles, ses fanatismes, ses égoïsmes, ses… etc. Il fallait donc des hommes, dignes de ce nom, face à tous ces grands bouleversements, puisqu'il s'agissait de jeter des ponts entre les peuples, puisqu'on parlait des civilisations propres à chaque peuple, mais appelées à se compléter voire à se fondre, à se confondre.

Zoba avait, en outre, constaté que le langage était par trop couramment politique. Il entendait par là qu'il fut fait beaucoup plus de place aux rapports sociaux qu'il l'aurait souhaité, d'être très humains. Ainsi, à travers toutes les mutations qui avaient donné son nouveau visage à *Mavula*, et en avaient fait le siège de toutes les activités du pays, Zoba ne perdait pas de vue ce qui, dans l'homme, compte le plus au monde : non point son intelligence, mais sa sensibilité, c'est-à-dire, son cœur. Mais les temps nouveaux, s'ils avaient amélioré les conditions matérielles, n'étaient guère propices à la culture de la vertu. Dans leur course au confort, à la fortune, au pouvoir, que restait-il encore d'humain chez les hommes ?

D'ores et déjà, Zoba avait constaté, avec amertume, que si dipanda était venu libérer des peuples longtemps subjugués, il avait engendré le vice de l'intrigue : ceux qui exerçaient collégialement un pouvoir se méfiaient réciproquement, et pratiquaient leurs jeux de cache-cache ; celui qui assumait un commandement dans un service donné devenait la cible de tous ceux qu'aveuglaient leurs ambitions. Puis, quittant les hauts lieux, l'intrigue s'était répandue dans les rues de la cité et à travers le pays. Mensonges, calomnies, médisances, faux témoignages furent monnaie courante, et les procès d'intention se donnèrent, libre cours. L'innocence fut durement éprouvée, et mise sur le banc des accusés. Il y eut un moment de flottement…

Mais le mérite des nouveaux chefs fut leur sens critique doublé de beaucoup de sang-froid. Ils avaient nettement conscience des réalités du moment, et savaient ce qu'il leur fallait faire pour ne pas désorienter leur peuple. La plus grosse entreprise se situait donc au niveau du peuple au sein duquel s'agitaient des individus inutiles à la société, n'ayant rien su faire de leur vie, véritables escrocs et parasites qui saignaient à blanc ceux qui pouvaient travailler et se suffisaient à peine pour se nourrir et entretenir leur petite famille. Cette classe inutile était la plus redoutable, car elle était toute prête à exploiter, pour en exagérer et en dramatiser les dimensions, toute situation quelque peu confuse. Elle se répandait dans la rue. Oh! Ces moments troubles! On sentait, dès les premières heures du jour, que quelque chose n'allait pas! L'atmosphère était lourde d'angoisse. À chaque carrefour, dans chaque rue se groupaient des hommes prêts à s'attaquer, on ne savait ni à qui ni à quoi. À toute pareille circonstance, le processus était invariablement le même : de tout petits rassemblements se formaient d'abord par-ci par-là, défilaient vers des points de ralliement, s'aggloméraient, et devenaient progressivement compacts, de sorte que c'est tout le monde qui se trouvaient dehors, en train de... barricader. Mais aussi vite se produisaient ces moments, aussi vite ils s'évanouissaient.

Zoba avait tenté, sur le plan psychologique, de comprendre ces situations particulières, et presque chroniques qui revenaient aussi régulièrement qu'un retour de saison.

Le sous-emploi en était la cause principale. Les chômeurs jalousaient les travailleurs. Ceux-là auraient pu, ils s'en moquaient, plonger la cité dans le chaos, puisqu'après tout, ils n'avaient rien à perdre ! Et la vie devenait de plus en plus difficile à gagner.

À *Mavula*, tous ceux qui avaient eu la chance de passer par les bancs de l'école, titulaires d'un certificat d'études primaires indigènes (tout d'abord), ou un certificat d'études primaires élémentaires (par la suite) trouvaient grandes ouvertes les portes de l'embauche. Mais, plus tard, même le brevet du premier cycle du second degré n'avait servi à ses impétrants qu'un laps de temps. Somme toute, et au fil des ans, les employeurs devenaient de plus en plus exigeants, recherchaient la qualification professionnelle. On était loin des temps de la gloire des clercs et des commis aux écritures. Voilà qui posait maintenant un sérieux problème à la communauté issue de *Mavula*. Mais, pour Zoba, le problème essentiel restait foncièrement humain.

Dès que l'homme ne s'émeut plus devant la misère d'autrui, toute tentative de créer une société viable devient vaine. À ce propos, Zoba avait ouï dire que les Blancs donnaient à lire un journal à des visiteurs qui les surprenaient à table, à l'heure du repas ! Chez les Blancs aussi la notion de famille était réduite à la plus simple expression : le mari et sa femme, et les enfants, s'ils en avaient ! À *Mavula* la tentation se faisait déjà forte d'imiter ces mentalités. Ainsi donc, il ne fallait plus l'ombre d'un doute que le monde ancestral et traditionnel, marqué par une hospitalité spontanément généreuse, se perdait dans le courant des temps nouveaux.

Toujours lucide, Zoba fit la part des choses. Il se dit : À la réflexion, ceux qui avaient quitté le village natal pour venir vivre à *Mavula*, pouvaient avoir des raisons valables : la monotonie de l'existence en brousse, une société régie par l'autorité implacable et abusive des anciens, etc..

Mais en voulant échapper à ce monde des traditions, ils étaient tombés dans un autre qui avait aussi ses vices : on tombait dans l'anonymat, et l'autorité du Blanc n'avait d'égale que sa supériorité. Toute médaille à son revers, conclut-il, comme il en avait l'habitude chaque fois qu'il lui arrivait de relever les contradictions qui caractérisaient aussi bien la nouvelle société de *Mavula* que la communauté traditionnelle.

C'eût donc été mal comprendre Zoba que de voir en lui un réactionnaire à outrance devant les transformations occasionnées par ces temps nouveaux. Il n'était pas si naïf au point de ne savoir pas apprécier, à leur juste mesure, certaines valeurs morales, philosophiques ou religieuses d'importation. Ainsi, au contact des missionnaires, par exemple, la notion de Dieu s'était mieux précisée en lui, grâce à des formes d'adoration ou de culte par lesquelles on cherchait à l'atteindre. Des causes inhérentes à la nature même des choses, telles la naissance ou la mort, cessaient d'être toujours attribuées au pur hasard. Zoba prisait fort également l'amélioration des conditions matérielles de la vie courante et quotidienne, tels les moyens de locomotion, telles les nouvelles formes de l'habitat, etc.

Mais, quoique la nouvelle société fût matériellement avantagée, Zoba ne pouvait pas ne pas se révolter en face du gouffre effrayant et vertigineux que creusait devant lui, et chaque jour davantage, l'absence de l'homme, ou mieux, sa dégradation. L'homme ajoutait maintenant la méchanceté à son égoïsme, deux défauts importés. Les riches ne se contentaient plus de fermer leur porte au nez des pauvres, ils se moquaient d'eux. L'infirme était victime de ses tares, et ne rencontrait plus de sympathie. Les familles se désunissaient. Les cousins ne se prêtaient plus d'assistance, et l'on commençait à compter, pour mieux fonder les raisons de *collatérité*, le nombre de grand-mères au sein d'une famille traditionnelle.

Les enfants décidaient de leurs unions conjugales sans plus requérir l'avis des parents. Les amis se courtisaient les femmes, et se les arrachaient mutuellement. Les femmes avaient maintenant autant d'enfants que de pères de ceux-ci.

Enfin, c'était la détresse morale totale. Cette situation aurait seule suffi pour fuir *Mavula*.

Mais les temps nouveaux devaient aussi engendrer d'autres malheurs, de provenance lointaine. Les richesses d'un pays attiraient les sociétés puissantes étrangères qui les exploitaient à leur profit, ne laissant sur place qu'un bien maigre intérêt! Et puis, là-bas, tout là-bas, dans leur lointain pays, les Blancs ne cessaient de se provoquer et de se faire la guerre dont les conséquences désastreuses allaient frapper des pays sans histoire (comme ils disaient eux-mêmes de nous), ou sans passé glorieux, ni spectaculaire ! Mieux, ils entraînaient ces pauvres pays inoffensifs dans leurs guerres ! Et ces pauvres pays inoffensifs en payaient le prix !

Zoba avait aussi appris que l'homme noir souffrait, victime de la couleur de sa peau. Dans certains pays, la ségrégation raciale faisait rage, et il payait cher, jusqu'à sa vie, pour son pigment !

Alors, les missionnaires, qui étaient des Blancs et venaient des mêmes pays que les autres Blancs de l'administration ou du commerce, pouvaient maintenant parler de leur Bon Dieu à Zoba, lui prêcher l'amour du prochain, le rapprochement des peuples, et le convaincre !

Pour lui, le salut de l'humanité, — puisqu'il fallait parler ainsi maintenant, et verser toutes les races humaines en un seul creuset —, résidait dans une réforme radicale de l'homme : ramener l'homme qu'avait égaré le machinisme sous son ciel natal, à la redécouverte de l'homme ancien et son innocence.

La science qui était tout indiquée pour perfectionner l'homme n'avait réussi qu'à l'asservir. La guerre promenait son spectre partout dans le monde. Tuer l'homme était aussi facile qu'on égorge un poulet. Des nouvelles funestes étaient annoncées à la radio par des speakers insensibles qui les enchaînaient, aussitôt après, avec de la musique de danse !

Zoba avait honte de s'abandonner ainsi à de telles réflexions sur des sujets aussi graves, et que même d'éminents philanthropes n'avaient pu faire résoudre. Il est vrai que pour manquer d'instruction, on n'est pas forcément sans sensibilité.

Les noms que les parents donnent à leurs enfants ont toujours une signification se rattachant à un défi, une situation familiale particulière, à un événement, à un souhait.

Zoba, c'est le bêta, et à quoi un idiot est-il capable de parvenir, s'étaient demandé les parents de Zoba ? Sans s'y méprendre, en appelant ainsi leur enfant, ils avaient poussé l'ironie à l'extrême. De ce fait, ils avaient formulé un vœu de réussite de l'enfant dans sa vie.

Mais dans la nouvelle communauté que s'était façonnée, *Mavula*, Zoba faisait figure de paria, du fait d'appartenir à la basse classe, ce qui, malgré tout, lui laissait le privilège de conserver les vertus traditionnelles. N'ayant pas été contaminé par la fièvre de l'engouement pour le nouveau style de vie, il ne courait aucun risque de se dénaturer.

Pourtant, le nouveau mode de vie

épanouissait ceux qui avaient su se l'adapter, et les manières de Zoba, — il était resté le grand enfant fortement marqué par son terroir —, son attitude devant telle ou telle situation donnée, n'étaient pas sans lui valoir la raillerie, créant ainsi deux camps opposés : Il y avait les faux évolués pour qui l'évolution se situait au niveau de l'habit (qui ne fait pas toujours le moine), de la parure, guère plus, et pour qui Zoba ne pouvait qu'être un inadapté ! Il y avait, face à ce premier bloc, ceux qui tentaient de demeurer avant tout eux-mêmes sans cependant rejeter les nouvelles valeurs importées, voulant parvenir à une sorte de synthèse ou de symbiose.

Zoba avait beaucoup d'admiration pour ceux-ci, et n'éprouvait que du mépris pour ceux-là.

Une fois, il fut victime de son esprit conservateur. Invité chez des amis prétendus évolués, il les indigna par ses libations. Qui pouvait encore comprendre Zoba, et saisir la portée de son geste ? Les natifs mêmes de *Mavula* n'avaient connu qu'un milieu familial factice, sans originalité propre. Afficher de l'oubli à la mémoire des ancêtres était le signe évident des temps nouveaux qui consacraient la rupture.

Au village on devenait grave avec l'âge, tandis qu'à *Mavula*, les gens conservaient ou semblaient cultiver et entretenir un certain air de perpétuelle enfance. Leur comportement devant des situations dramatiques offrait un contraste choquant, parce que sans rapport avec la gravité des circonstances.

Zoba avait aussi constaté que la duperie, l'escroquerie, le mensonge, le vol, la malhonnêteté avaient, libre cours ; que l'insolvabilité, la dilapidation menaient tout droit au poste du commissariat de police, de la gendarmerie, du tribunal, d'où l'on sortait, non moins tout droit, pour la prison! Ainsi, l'honneur qu'on résumait dans la formule bonne vie et mœurs de beaucoup de citadins de *Mavula* était mis en doute, car tous ces messieurs de la ville dont même les apparences ne pouvaient pas ne pas rassurer n'étaient, au fond, que des fieffés farceurs. Les greffes des tribunaux ou les registres d'écrou des maisons d'arrêt avaient catalogué tout ce monde-là, pour avoir menti, volé, tué!

Généralement, l'homme en mal d'argent se présentait correctement, le langage poli, vous glissait, pour garantie, un chèque bancaire antidaté. Malheur à qui s'était laissé berner! À la date du chèque, le débiteur n'avait pas sa provision en banque, ou, s'il l'y avait, il passait avant l'échéance, et retirait tout son petit fonds! Alors, si le malheureux pouvait, à la longue et de guerre lasse, régler le créancier, ce n'était pas avant mille palabres, avant mille échappatoires, mille menaces! Cet état d'esprit faisait des victimes innocentes : tout le monde devenait suspect, était jeté dans le même sac. Les braves et honnêtes gens, — il y en avait tout de même à *Mavula* —, souffraient de cette situation.

Mais, par-dessus tout, c'est l'insolvabilité qui avait jeté le discrédit sur tout le monde. Les commerçants avaient perdu toute confiance en leurs clients, même ceux qui s'étaient révélés autrefois les plus honnêtes. On pouvait maintenant lire, affichés dans les magasins, des écriteaux significatifs, pleins de truculence : *Bon Pour demain! Le maître des céans remercie ses bons et mauvais clients! Bon Pour est mort; les mauvais payeurs l'ont tué.* Voilà le monde de *Mavula*, apparemment ordonné, mais aux dessous avilissants. Avec un peu moins de clairvoyance, il ne restait plus à Zoba qu'à formuler l'échec de ses habitants, en termes catégoriques :

— La prétendue nouvelle société avait tout détruit dans l'homme, incapable maintenant de s'émouvoir devant les spectacles, même les plus poignants. Seul comptait désormais l'argent et, ma parole, peu importait le prix auquel il fallait l'acquérir ! Des amitiés se cassaient, à cause de l'argent. On allait en prison, à cause de l'argent. On désertait *Mavula*, à cause de l'argent…

Mais Zoba repoussa énergiquement cette vision apocalyptique, car, en toute objectivité, *Mavula* ne pouvait mériter un tel anathème généralisé. Il cerna de plus près la réalité. La nouvelle société n'avait pas seulement que détruit, elle avait aussi apporté des valeurs de remplacement : aux féticheurs d'autrefois s'étaient substitués des médecins, au sens où féticheur est synonyme de charlatan, car dans la société traditionnelle il y avait plus de mauvais féticheur que de bons docteurs dans la communauté de *Mavula*; l'école avait ouvert ses portes à l'instruction des jeunes et la science avait épanoui les esprits; les déplacements et les voyages étaient rendus plus faciles, grâce à des machines ignorées des ancêtres; les conditions de travail s'étaient améliorées. Bref, au regard des servitudes qu'imposaient les temps nouveaux, la compensation n'était pas négligeable, et toutes ces nouveautés se résumaient en un mot : civilisation. Mais celle-ci est, pour se l'assimiler sans risque de se défigurer, comme une bonne graine qui ne germe que dans une terre suffisamment préparée, faute de quoi le jeune plant qui en sort s'étiole et périt finalement. Zoba devait conclure :

— Cette civilisation n'a pas failli en nous, c'est nous qui avons échoué devant elle ; nous sommes devenus des loques humaines, des épaves anonymes, parce que nous étions des avortons aveuglés par la magie de tout ce qui est nouveau, et donc apparemment tout beau, de tout ce qui brille, mais qui n'est pas forcément de l'or ! Nous avons manqué le départ, et voici que maintenant nous allons à la dérive…

Zoba exagérait sans doute l'échec des citadins de *Mavula*. Ils n'avaient pas tous pris la mauvaise direction. Mais, à vrai dire, la situation créée par le nouveau style de vie était accablée de contradictions parmi lesquelles un dilemme qui opposait constamment à lui-même l'individu dont les mœurs étaient durement éprouvées au contact des changements intervenus de l'extérieur, et menaçaient de rompre le cadre vital habituel. Mais, tout compte fait, *Mavula* n'avait pas dénaturé tout le monde, et Zoba, pour sa part, pouvait faire son propre bilan. Il le fit, et il s'aperçut qu'il n'était pas négatif sur toute la ligne :

— Je n'ai jamais songé un seul instant, dit-il, que je surmonterais le courant des passions de *Mavula* ; mon dépaysement et toutes mes craintes du début, en venant m'y établir, ont laissé à présent la place à l'optimisme ; j'y compte maintenant beaucoup d'amis, de presque toutes les régions du pays ; celui-ci a d'ailleurs changé de visage, grâce à *Mavula* qui a fondu, comme dans un creuset, toutes les tribus qui y vivent, et une communauté fraternelle s'y édifie et se consolide chaque jour davantage ; mais le chemin a été long, et combien d'obstacles n'a-t-il pas fallu vaincre, pour arriver jusque-là. Mais tel n'était pas le cas pour beaucoup de citadins de *Mavula*. En s'intégrant dans les nouvelles sociétés hors du cadre traditionnel (les sociologues les appelèrent plus tard et fort judicieusement, des centres extra-coutumiers), quelles capacités de réaction ou de réceptivité, quel pouvoir de discernement, et quel degré de sens critique avaient encore les générations venues se jeter, corps et âme, dans le gluau de *Mavula* aux mille visages, plus fascinants les uns que les autres ? Zoba postula, sans la moindre indulgence, que leur malheur venait de leur manque d'orgueil, — le bon orgueil —, et de fierté d'elles-mêmes, de leur parfaite ignorance de leur propre personnalité. Mais elles étaient aussi les victimes de ceux qui prônaient et proclamaient les bienfaits incalculables et inestimables de leur civilisation, avec un C majuscule, et donc la seule et l'unique valable !

Ainsi, faute d'esprit de discernement chez les uns, les citadins de *Mavula*, et à cause de leurs complexe exagéré de supériorité chez les autres, les colporteurs de la *Civilisation*, il ne s'était pas fait un travail de synthèse, pour camper un nouveau type d'homme métissé, pétri dans le moule de la culture universelle. Car la Civilisation, en fin de compte, devait être considérée comme un kaléidoscope des valeurs morales, religieuses, philosophiques, scientifiques, techniques et artistiques qui se sont greffées les unes après les autres, les unes aux autres, dans l'espace, dans le temps, au cours des âges, à travers les peuples.

Cet ouvrage a été réalisé
par les ateliers graphiques ACGI
pour le compte et sous la direction
de Benoist Saul Lhoni

© 2019 Benoist Saul Lhoni
Édition : Books on Demand
12/14 Rond-point des Champs-Élysées, 75008 Paris
Impression : BoD — Books on Demand, Norderstedt, Allemagne
ISBN : 9782322148578
Dépôt légal : mars 2019